Rosemarie Schulak

ERINNERUNGEN AN PIRAN
SPOMINI NA PIRAN

Rosemarie Schulak

ERINNERUNGEN AN PIRAN

Silbengedichte

SPOMINI NA PIRAN

Pesmi zlogomerjenke

Übersetzung ins Slowenische/
Iz nemščine prevedel:
Lev Detela

Mohorjeva
Hermagoras

KULTUR NIEDERÖSTERREICH

Rosemarie Schulak
ERINNERUNGEN AN PIRAN
SPOMINI NA PIRAN

Silbengedichte / Pesmi zlogomerjenke

Geleitwort und Übersetzung ins Slowenische /
Spremna beseda in prevod iz nemščine: Lev Detela
Zeichnungen / Risbe: Hans Krebitz
Titelbild / Slika na naslovni strani: Georg Pevetz
Gestaltung / Oblikovanje: Paula Supan
Druck / Tisk: Druckerei Hermagoras / Mohorjeva tiskarna
Verleger / Založila: Hermagoras / Mohorjeva, Klagenfurt/Celovec
Gefördert durch das Land Niederösterreich

ISBN 978-3-7086-0588-3

Inhalt

Erosion – Die Muschel 8
Epikuräischer Traum – Sonnenpfade 10
Die Schwimmerin 14
Subaquatic 16
Möwen – Tauchgang 18
Auf dem Stein 20
Klippen 22
Licht bei Pavel 28
Kastell im Frühlicht 30
Foto mit Hintergrund – Musikalischer Morgen 32
Das Kirschopfer – Mit Einkaufskörben 34
Vormittag auf der Piazza – Campanile 36
Einem Dichter. Widmung 38
Beim Öffnen der Tür – Verweilen 42
Heimweg vom Strand 44
Gekreuzte Klingen – Intention 46
Zahlenspiel 48
Siebzehnsilbler – Bora 50
Vor dem Tag – Die Rose 54
Unter dem Himmel – Die Schnecke 56
Mondlicht – Punta 58
Kleine Skizze am Meer – Schattensprung 60
Übung mit Blau 62
Nacht und Tag – Mit den Wolken 66
Izola – Seltsamer Gast 68
Das Verlorene – Übergang 70
Regen – Aria 72
Im Flug – In der Bibliothek 74
Wiedergeburt – Siebzehnsilbler 76
Notturno Piran 78

Vsebina

Erozija – Školjka 9
Epikurejske sanje – Sončne steze 11
Plavalka 15
Subaquatic 17
Galebi – Potapljanje 19
Na kamnu 21
Čeri 23
Luč pri Pavlu 29
Kaštel v zgodnji svetlobi 31
Fotografija z ozadjem – Glasbeno jutro 33
Češnjeva daritev – Z nakupovalnimi košaricami 35
Dopoldne na trgu – Zvonik 37
Pesniku. Posvetilo Gianiju Stuparichu 37
Pri odpiranju vrat – Postoj! 43
Domov z obale 45
Prekrižana rezila – Namen 47
Igra s števili 49
Trije haikuji – Burja 51
Pred dnevom – Vrtnica 55
Pod nebom – Polž 57
Mesečina – Punta 59
Majhna skica z morja – Skok čez senco 61
Vaja z modrim 63
Noč in dan – Z oblaki 67
Izola – Čuden gost 69
Izgubljeno – Prehod 71
Dež – Arija 73
Na poletu – V knjižnici 75
Ponovno rojstvo – Trije haikuji 77
Notturno Piran 79

Erosion

Von Huf und Brechern zermalmt
sind Blumenhang und sandige Wege

Die bunten Hüllen zerstäubt
mit der Zeit und unumkehrbar verrückt

Die Erregung der Winde
über dem Steilsturz verbläst mir das Bild

Heilen die Wunden nie mehr?
Risse ziehn durch versteinerte Narben

Die Muschel

Aufgebrachter Wesensgrund
nicht Gestalt, nur Erscheinung
Aus den Verstecken im Blau
des Wassers blinkt es mich an

Wird zur Form, kommt zu Aufbruch
im Sand, in fahlem Gestein
Ihrer Substanz gemäß
wird sie zur Spur, zum Beweis

Erozija

Od kopit in lomov so zdrobljeni
cvetlični breg in peščene poti

Razbrazdane so pestre površine
od časa in za vedno spremenjene

Razburjenost vetrov
nad strmino mi odnaša pogled

Se rane več ne zacelijo?
Razpoke polzijo skozi okamenele brazgotine

Školjka

Razburkano dno bivanja
ni oblika, samo prikazen
Iz skrivališč v vodni modrini
zamiglja proti meni

Postane lik, se vzpne
v pesku, v bledem kamenju
primerno njenemu bistvu
postane sled in dokaz

Epikuräischer Traum

Sonnenfäden, weggebrochene Schatten
Ein Netz aus Vogelstimmen und Zederndüft
In der Zone schmerzfreien Raums, wo ich bin
überlagern einander Erinnerung
und Bezüge, geborgene Reste des Ich

Wo die Luft in den Blättern des Feigenbaums
aus- und eingeht, die Steilwand tief unter mir
mich nichts angeht, da geht mich der Tod nichts an
bin ich für diese Stunde heil, entronnen
allen Unwägbarkeiten, aller Gefahr

Sonnenpfade

Einsame Wege –
Zwischen flammendem Ginster
und Schmetterlingen
die braune Echse am Stein

Ihr wachsames Auge blickt
mir gelassen entgegen

Epikurejske sanje

Sončne niti, odlomljene sence
Mreža iz ptičjih glasov in vonja ceder
Na področju prostora brez bolečin, kjer sem
se kopičijo drug čez drugega spomin
in odnosi, rešeni ostanki jaza

Kjer kroži zrak v listih figovca,
se me previsna stena globoko pod mano
nič ne tiče, tu se ne zmenim za smrt
odrešena sem za to uro, ušla sem
vsem brezpotnostim, vsaki nevarnosti

Sončne steze

Samotne poti –
Med plamenečo koševičico
in metulji
rjava kuščarica na kamnu

Njeno budno oko
zre ravnodušno proti meni

Ein Blick von der Höhe der üppig bewachsenen Sandsteinklippe, etwa hundert Meter über dem Meer.

Pogled z vrha bujno porasle čeri iz peščenjaka, kakih sto metrov nad morjem.

2010

Die Schwimmerin

Aus dem Wasser gehoben das Haar
zu niemandes Ufer. Das Schweigen
ist das Schweigen ertaubten Gesteins

Von fern nur Muschelraunen im Ohr
und Salz, das noch brennt auf den Lippen
Schaum vor der Stirn, feuchtglänzend das Knie

Abgründiges längst nicht abgestreift
aus schwärzlich gesprenkelten Tiefen –
Wohin nur wende ich mich, wohin?

Plavalka

Iz vode dvignjeni lasje
k obrežju od nikogar. Molk
je molk oglušelega kamenja

Od daleč samo šepet školjk v ušesu
in sol, ki še peče na ustnicah
pena pred čelom, mokri lesk kolena

Zahrbtnost sploh ni odstranjena
iz črnikasto lisastih globin –
Le kam se naj obrnem, kam?

Subaquatic. *Römische Straße*

Durch Schleier graugrüner Dämmerung Spuren
von Menschenhand. Unten im fahlkühlen Licht
schlängeln sich Gräser vorüber, zittern die
Schatten des schaukelnden Boots. Sag, flieht denn nicht
schneller vorm Maul ihrer Räuber die Fischbrut?

Fuge an Fuge aneinandergefügt –
Wie eh und je ruhn die mächtigen Quader
umwachsen von Tang. Und es fliegen auf der
erahnbaren Fahrspur Mähnen vorüber
Es wehen die Schweife trabender Rosse

Blinken dort Helme? Weiß leuchten die Scherben
treiben sich Räder durch trübe Gewässer
ziehen durchs Ohr sich die alten Gesänge?
Doch Muschelkrusten auf moosigen Rändern
bewahren Gewußtes, bezeugen Wahres

Lautlos dreht sich das Boot. Dreimal umkreist es
die Stelle, wo die kleine Lavinia
ihrem Liebsten – „Mein Decio!" – nachgeblickt
als ihr Schluchzen sieben Zypressen weiter
noch hörbar war, da sie so bitter geweint

Subaquatic. *Rimska cesta*

V koprenah sivozelenkastega mraka sledi
človeške roke. Spodaj v bledi hladni svetlobi
se ovijajo trave, trepetajo
sence zibajočega se čolna. Povej, ali ribji zarod
ne beži pred roparskim gobcem hitreje?

Fuga na fugi ena na drugi –
Kot vedno počivajo mogočni kvadri
obraščeni s halogami. In mimo hitijo
grive na zasluteni progi voženj
Drgetajo repi dirkajočih konj

Se lesketajo tam čelade? Se belo svetijo črepinje
se poganjajo kolesa skozi motne vode
polzijo skozi uho stari napevi?
Toda lupine školjk na mahovitih robovih
ohranjajo dediščino, izpričujejo resnično

Čoln se neslišno obrača. Trikrat obkroži
točko, kjer je mala Lavinia
zrla za svojim najdražjim – »Moj Decij!« –
in se je njeno ihtenje slišalo še sedem cipres naprej
ker je tako bridko jokala

Möwen

Gelassen vom Wellenkamm
gleiten die Möwen zu Tal
und es tragen sie aufwärts
die nächste Woge, der Wind

Fügte gleich ihnen ich mich
ins Unabänderliche
wie lebte ich sorglos, frei
ruhig und bar aller Angst

Tauchgang

Mit dem Atem des Wassers
wölbt sich auf die Medusa
Ihr grünes Haupt neben mir
taucht heraus und entschwindet

Und blinkt mir die Hoffnung aus
trennt sie ab von den Mühen –
Sie verschiebt und verändert
und zwingt in ein Nichts zurück

Galebi

Z vodnega grebena drsijo
galebi ravnodušno v globino
in naslednji val in veter
jih nosita navzgor

Če bi se tako kot oni
vdala v nespremenljivost
kako brez skrbi bi živela, svobodno
mirno in brez strahu

Potapljanje

Z dihom vode
se izboči meduza
Poleg mene se dvigne
njena zelena glava in izgine

In mi izklopi upanje
Ga odtrga od truda –
prestavi in spremeni
in prisili nazaj v nič

Auf dem Stein

Zurückgenommen die Augen. Gesättigt
vom Draußensein, wird die Einsicht zum Garten
und löst den Widerspruch Glück und Verzweiflung
sucht Nahtstellen auf und glättet die Ränder

Nichts ist als Einklang in der sirrenden Luft
Bewegung von grüngoldnen Rebentrieben
mit krausen Spitzen, die neigen sanfter sich
mir herüber zum Mund, fächelnd mit Südwind

Auf dem Stein die blassen Füße der Greisin
die stumm vor sich hindöst. Gott weiß was sie denkt –
Unten schlägt an die Steilwand das Meer, das höhlt
mit silbernen Löffeln den Grund, der noch trägt

Alles wird eins, die Zeit und die Zeit danach
das heisere Möwengeschrei und das Wort
aus der Träumenden Mund, einwärts geflüstert
und schon bald nicht mehr hörbar: Fern bist du, fern –

Na kamnu

Zaustavi oči. Nasičen z mudenjem zunaj
je pogled na vrt
in razreši ugovor sreča in obup
poišče mesta s šivi in zgladi robove

Nič ni skladno v šumečem zraku
Gibanje zelenozlatih trtnih poganjkov
z razkuštranimi vršički, ki se nežneje
nagnejo k mojim ustom, zibajoči se v južnem vetru

Na kamnu blede starkine noge
ki nemo kinka predse. Kdo ve kaj premišljuje –
Spodaj udarja morje na strmo steno, dolbe
s srebrnimi žlicami tla, ki še drže

Vse postane eno, čas in čas zatem
rezki kriki galebov in beseda
iz sanjajočih ust, navznoter zašepetana
in kmalu zatem neslišna: Daleč si, daleč –

Klippen
Erinnerungen an Piran

Meer, voraufgegangen als andere Welt
aus deren dämmrigen Tiefen das Rätsel
Geheimnis zu sein seiner Verborgenheit
seltsam sich hier entrollt, während Gewusstes
wie Schaum in der Sonne, wie wässriges Weiß
sich löst und als ein Unergründbares bleibt

Das kommt und geht und ruht nicht, ewig bewegt
beglänzt vom Mittagslicht als ein Spiegelbild
des ungreifbaren Firmaments, das Wasser –
Die Klippe ertastend, den brüchigen Stein
bin auf schwankenden Füßen, zerstörbar als
ein Einzelnes zwischen Vereinzeltem, ich –

Der Feigenbaum hat seine Wurzeln im Stein
Es gründet der Stamm des Granatapfelbaums
in gefestigter Erde und drängt dem Gast
der kaum sein Aug' auf die Blüte gelegt hat
den süßen Schwall reifen Dufts an die Lippen –
Lorbeergrün legt sich ihm kühl auf die Lider

Im Rebengeschling, jäh sich drehend im Wind
kreisen Lichtspiralen. Die Passiflora
blickt aus tränenden Augen dich an, milchweiß
violett, wo sanft sich zwischen Kaskaden
von Rosenbüscheln der Bug eines Boots schiebt
der Durchblick sich auftut in eherne Weiten

Čeri.

Spominini na Piran

Morje, nastalo kot drugačen svet
uganka iz njegovih zamolklih globin
Biti skrivnost svoji zakritosti
se tu razkrije na svojevrsten način, medtem
ko se tisto, kar nam je znano, razpusti kot pena na soncu,
kot vodena belina in ostane nedoumeto

To pride in gre in ne miruje, se večno giblje
razžarjeno od opoldanske svetlobe kot zrcalna slika
nedostopnega neba, voda –
Oprijemajoč se čeri, krhkih skal
sem na majavih nogah, uničljiva kot
posamezna med posameznim, jaz –

Figovec ima svoje korenine v kamenju
Deblo granatnega jabolka stoji
v trdni zemlji in vsiljuje na ustnice gostu
ki se še ni razgledal po cvetju
sladko poplavo zrelega vonja –
zeleni lovor hladi veke

Med trtnim vitjem se nenadoma v vetru
vrtijo krogi svetlobe. Pasijonka zre nate
iz solznih oči, mlečnobelo
vijoličasto, kjer se mirno med slapovjem
vrtničnega grmičevja pomika krm čolna
se odpre pogled v železne daljave

Weit draußen schreiben sich Segel ins Blau. Schrift
mit gespitzten Winkeln. Die treiben und drehn
und Windbö und Wellentanz heben sie auf –
Mag sein, wo Wille und Mut im Verein sind
gegen Mächte, die ihnen entgegenstehn
dass, wer wagt, doch auch manchmal sein Spiel gewinnt

Abends dann Brot und Wein. Die prallen Früchte
in strenger Hand hält ein Beflügelter hin
mit wissendem Antlitz. Er wägt nicht, er gibt
teilt die Vorräte aus, die ein Ewiges dir
dahingestellt. Und so sei Dank der Spruch, der
einer versiegenden Stimme Gebot ist –

Steil zieht der Weg bergan, und Stein und Stufen
erproben das Herz. Denn es bleibt nichts erspart
dem, der seinen Ort auf Klippen gewählt hat
der Einsicht begehrt in Illyriens Tiefen –
Den Traum bezahlt er mit Schweiß und mit Schmerzen
Wer's dennoch gewagt hat, halt Rast hier. Und bleib –

Daleč zunaj so se zapisala jadra v modrino. Pisava
z ošiljenimi koti. Poganjajo se in vrtijo
in sunki vetra in ples valov jih dvigajo –
Morda je tako, da tam kjer se volja in pogum
združita proti silam, ki jima nasprotujejo
včasih vendar zmaga, kdor tvega

Zvečer potem kruh in vino. Polne sadeže
ponuja v strogi roki krilatec
s vsevednim obrazom. Ne tehta, daje
deli zalogo, ki ti jo je pristavil
neki Večni. In tako naj bo zahvala rek
ki je zapoved usihajočemu glasu –

Pot se vleče strmo navzgor, in kamen in stopnice
preizkušajo srce. Zakaj nič ni prihranjeno
tistemu, ki si je svoj kraj izbral na skalah
razumevanje si zaželi v globinah Ilirije –
Sanje poplača z znojem in z bolečinami
Kdor je vseeno tvegal, si tu odpočije. In ostane –

Hafeneinfahrt mit Blick auf die denkmalgeschützte Stadt, deren Ufer immer wieder befestigt werden, um sie vor Erosion zu schützen.

Vhod v pristanišče s pogledom na spomeniško zaščiteno mesto, katerega obale so vedno znova utrdili, da bi ga zavarovali pred erozijo.

Piran 2010

Licht bei Pavel

In runden Körben das Brot
gewürzt mit dem Salz der Flut
die hereinbricht am Abend

Zwischen gedeckten Tischen
im Glas: gebundne Scheren
blaugrün gefleckter Hummer

Zwei Fische und Gräten –
Unruhig flackert im Aug
das Licht. Fragt, ob du vergibst

Luč pri Pavlu

V okroglih košaricah kruh
začinjen s soljo plime
ki napoči zvečer

Med pogrnjenimi mizami
v posodi: z zvezanimi kleščami
modrozeleno lisasti jastog

Dve ribi in kosti –
Nemirno migota svetloba
v očeh. Vpraša, če odpustiš

Kastell im Frühlicht

Messerscharf schneiden Schatten
ein ins Gemäuer. Die Hand
pulst noch warm vom Schlaf –

Steinstufen ziehen den Blick
steil bergauf, wo auf Zinnen
der Milan rauscht. Sand und Staub

Rücklings trifft unbarmherzig
die Keule des Lichts dein Haupt
nicht des Kriegsknechts, des Büttels

Komm! Deck mit der Hand das Lid –
Schau in die Zeit! Endlichkeit
duftet nach Wasser und Laub

Kaštel v zgodnji svetlobi

Ostro kot noži režejo sence
v zidovje. Roka je še
topla od spanja –

Kamnite stopnice potegnejo pogled
strmo navzgor, kjer na nadzidku
plahuta škarnjak. Pesek in prah

Neusmiljeno zadene od vzadaj
kij svetlobe tvoj obraz
ne od vojščaka ne od valpta

Pridi! Zakrij z roko veke –
Zazri se v čas! Končnost
diši po vodi in listju

Foto mit Hintergrund

Noch vor dem Bild lebt dein Bild hinter Bildern
von blauen Schatten umspült und von Stille
Warnend legt sich ein Finger auf meinen Mund

Vom Himmelsgrund schäl ich aus all den Farben
aus dem unsäglichen Lauf der Dinge – dich!
Ein Dornenzweig ritzt mir die zuckende Hand

Musikalischer Morgen

Zwischen feuchtdunklen
Mauern verhallender Schritt –
Türangeln seufzen

Im Takte klatschen
die Sohlen zweier Knaben
auf den nassen Stein

Beim Marktstand Menschen –
moderato, piano. – Doch dann
beim Nähertreten –

accelerando –
das *Tremolo* der Fische
vor dem Bass des Kochs

Fotografija z ozadjem

Še pred sliko živi tvoja slika za slikami
oblita z modrimi sencami in tišino
Svareče se pritisne neki prst na moja usta

Z nebesnega dna luščim iz vseh barv
iz neizrekljivega teka stvari – tebe!
Trnjeva veja mi praska trepetajočo roko

Glasbeno jutro

Med vlažnim temnim
          zidovjem prikrit korak –
                    Tečaji vrat ječijo

V taktu ploskajo
          podplati dveh dečkov
               po mokrem kamnu

Pri stojnici ljudje –
          moderato, piano. – A potem
                    ko stopiš bliže –

accelerando –
          ribji *tremolo*
                    pred kuharjevim basom

Das Kirschopfer

Die schweren Hände des Kirschenverkäufers
unter dem Schirm des Marktplatzes von Piran
die Flächen leicht aufwärts gerichtet, braune
warme Schalen, in denen das Morgenlicht
sich nur kurz verhält, denn sie sind beschäftigt –

Wie tausend Jahre zuvor, tausend danach
der Alte die Früchte aufwiegt und sorgsam
die saftigsten, glänzendsten, einfüllt! – Zwischen
Zeigefinger und Daumen dann die schönste
lächelnd emporhält: Welchem Gott zum Geschenk?

Mit Einkaufskörben

Wild und wechselvoll
läuft der Stummfilm Geschichte
Sprachlos stehn wir da

Du, trockenen Augs
setzt deine Last ab. Wartend
ein Zeichen suchend

Češnjeva daritev

Težke roke prodajalca češenj
pod prodajnim zaslonom na trgu v Piranu
dlani lahno nagnjene navzgor, rjave
tople vdolbine, v katerih se jutranja svetloba
lahko zadrži le na kratko, zakaj roke imajo delo –

Kot tisoč let prej, tisoč let pozneje
tehta starec sadeže in skrbno vlaga
najsočnejše, najbolj bleščeče! – Potem
privzdigne med kazalcem in palcem
z nasmeškom najlepšo: Kateremu bogu v dar?

Z nakupovalnimi košaricami

Divje in spremenljivo
se odvija nemi film Zgodovina
Brez besed stojimo tu

Trezno, ne da bi trenila
odvržeš tovor. Čakaš
iščeš znamenje

Vormittag auf der Piazza

Auf dem Trittroller pfeilt dahin der Greis
wo auf poliertem Marmor die Kinderschar
bäuchlings Linien übers Papier zieht –

Perspektiven an ihm zu erkennen
und zu verstehn: Ferne, Nähe, Wiederkehr
und das Leuchten weißen Barthaars im Wind

Campanile

Über den Dächern das
    Zeichen, das Sonnenzepter
        aufrecht, golden, rot

will alles zugleich sein
    als ein stetiger Wille
        wohnend in allen –

fortdauernd in Schönheit
    weit über die Zeit hinaus
        weisend, verlässlich

Dopoldne na trgu

Na rolkah švigne starec mimo
gruče otrok ki na zbrušenem marmorju
rišejo ležeč na trebuhih črte čez papir –

Odkriti na njem perspektive
in razumeti: daljo, bližino, povratek
in lesk bele brade v vetru

Zvonik

Nad strehami
  znamenje, pokončno
   sončno žezlo, zlato, rdeče

hoče biti vse istočasno
   kot stalna volja
      prisotna v vsem –

brez konca v lepoti
   smerokaz daleč čez čas
      zanesljiv

Einem Dichter. Widmung

*Giani Stuparich**

Wo die Seele des jungen Dichters
Träume von neuer Einigkeit träumt
in der schönen Freiheit der Sprachen
gemeinsam zu sein, nicht geschieden

begann die Katastrophe, wuchs die
Enttäuschung, war doch das Morgenlicht
einer besseren Menschheit so fern –

Nah den Wegen des jungen Dichters
es liebend, weil er es so liebte
das Land seiner Träume, des Vaters
Sehnsuchtsland, wie die Liebe des Sohns

will Zeichen der Liebe ich sein, nicht
der Unbedachtheit, der Ungeduld
sondern der Liebe. Verzaubert –

* Das Gedicht bezieht sich auf „Ein Sommer in Isola. Geschichten von der Liebe“ (beschreibt die Landschaft um Isola) und die Novelle „Die Insel“. Meisterhafte psychologische Studien.

Giani Stuparich (1891/Triest – 1961/Rom), bedeutender Schriftsteller und Kosmopolit. Vater: dalmatinischer Seemann, Mutter: jüdische Ungarin. Studierte in Florenz und an der Universität Prag, wo er später als Lehrer wirkte. Grundgedanke: Föderation aller europäischen Völker. Monographie über seinen Freund Scipio Slataper, Romane u. v. a. Geriet im 1. Weltkrieg in österreichische Lagerhaft, erhielt dafür in Italien hohe Auszeichnungen. Im 2. Weltkrieg in italienischem KZ.

Pesniku. Posvetilo

*Gianiju Stuparichu**

Kjer duša mladega pesnika
sanja sen o novi enotnosti
v lepi svobodi jezikov
biti povezan, ne ločen

se je začela nesreča, je raslo
razočaranje, saj je bila zarja
boljšega človeštva tako daleč –

Blizu poti mladega pesnika
z ljubeznijo, ker je tako ljubil
deželo svojih sanj, očetovo
deželo hrepenenja, ta sinova ljubezen

hočem biti znamenje ljubezni, ne
nepremišljenosti, nestrpnosti
temveč ljubezni. Začarana –

* Pesem se nanaša na „Poletje v Izoli. Zgodbe o ljubezni«. (opisuje pokrajino okoli Izole) in novelo „Otok“ . Mojstrske psihološke študije.

Giani Stuparich (1891/Trst – 1961/Rim), pomemben pisatelj in svetovljan. Oče: dalmatinski mornar, mati: judovska Madžarka. Študiral je v Firencah in na univerzi v Pragi, kjer je pozneje deloval kot učitelj. Osnovna zamisel: zveza vseh evropskih narodov. Monografija o njegovem prijatelju Scipiu Slataperu, romani i. dr. V 1. svetovni vojni je prišel v avstrijsko ujetništvo; za to je dobil v Italiji visoka odlikovanja. V 2. svetovni vojni v italijanskem KZu.

Stadtzentrum. Tartini-Platz, überragt von St. Georgs-Kathedrale, Glockenturm und Baptisterium.

Mestno središče. Tartinijev trg, nad katerim se dvigajo cerkev sv. Jurija, prostostoječi zvonik in krstilnica.

Piran 2010 (1988)

Beim Öffnen der Tür

In deinen Räumen mit dir
du mit mir in den meinen
in der Verschränkung lächeln
vernetzt sein sekundenlang

Wache Empfindung. Ausschnitt
gemeinsamen Horizonts –

Strahl, der sich abhebt, auflöst
schwindet und schon nicht mehr ist
auf dem Holz unsrer Schwellen

Verweilen

Der Abdruck meiner Finger
im Sand. Die Vertiefungen
bleiben. Kein Wind, kein Regen

Augenblick. Ruhe des Worts
im Mund und Gnadenquelle
wird zum Heil meinem Morgen

Pri odpiranju vrat

V tvojih prostorih s tabo
ti v mojih z menoj
s smehljajem v navzkrižju
povezanost za nekaj sekund

Jasen občutek. Izrezek
skupnega obzorja –

Žarek, ki se dvigne, razpušča
izgublja in ga že več ni
na lesu najinih pragov

Postoj!

Odtis mojih prstov
v pesku. Vdolbine
ostanejo. Ni vetra, ne dežuje

Trenutek. Mir besede
v ustih in vir milosti
bo v blagor mojemu jutru

Heimweg vom Strand

In flimmerndem Gegenlicht Geflecht
gischtbesprengter Bewegung. Schatten
überlagern einander, trennen
sich wieder, Kinder im muntern Spiel
pfeilen durch blaubraune Dämmerung

Springen ballauf und werfen lachend
Linien, Farbstrukturen empor
Sie singen und feiern – und treiben
in hüpfender, Schaum versprühender
Fröhlichkeit über den nassen Stein

Lichtreflexe auf Pfützen zittern
Im Nachglanz versunkener Sonne
perlen Wasserbögen, regen sich
Füße, Hände in fröhlichem Tanz
doch schon streben sie auseinander

Entflechten Gesten und Stimmen sich
und die biegsamen Körper tauchen
ein in ein alles verschlingendes
schmatzendes Dunkel. Zurück bleibt ein
Rauschen vom Karst her, Wolken. Die Bö

Jetzt freilich, da alles verstummt ist
rollen mit dumpfen Schlägen, schwer wie
Rosse die Wogen ans Ufer an
mit steilen, mit silbernen Stirnen –
Unruhig gehn wir. Nicht hoffnungslos

Domov z obale

V migetajoči protisvetlobi splet
razpenjenega gibanja. Sence
se kopičijo ena na drugi in se spet
ločijo, otroci v živahni igri
švigajo skozi modrorjavi mrak

Kot žoga poskočijo in vržejo
v smehu navzgor proge, barve
Pojejo in praznujejo – in se poganjajo
v poskakujočem pršečem veselju
čez mokro kamenje

Svetlobni odsevi trepetajo na lužah
V pozni bleščavi zahajajočega sonca
se iskrijo vodno obloki, se gibljejo
noge, roke v prešernem plesu
a že silijo narazen

Razpletejo se gibi in glasovi
in gibčna telesa se potopijo
v vse požirajočo mlaskavo
temo. Ostane šum s krasa,
oblaki, sunki vetra

Zdaj seveda, ko je vse utihnilo
se kotalijo s topimi udarci, težkimi
kot od konjev, valovi s strmimi,
srebrnimi čeli na obalo –
Nemirno hodiva. Ne brez upanja

Gekreuzte Klingen

Frei von Zierung blanke, blitzende Wörter –
die Kerbe, wenn sich der Atemsturm endlich
wieder gelegt hat –

Die Antwort ist stumm –
Über dem Scheitel hebt sich die Schwalbe auf
durchschneidet mit spitzigen Klingen die Luft

Intention

Deine Gedanken zärtlich berührt im Schlaf
im Überschreiten von Grenzen geübt und
gewärtig der Tiefen, die sich da und dort
immer noch auftun

Weggescheucht deine Ängste in lichtem Traum
wie unser aller Ängste fortgenommen
und fortgefegt durch den Morgenwind einer
innigsten Bitte

Prekrižana rezila

Brez polepšanja gole, bliskajoče se besede –
zareza, če se je zadihani vihar
spet polegel –

Odgovor je nem –
nad teme se dvigne lastovka
preseka z ostrimi rezili zrak

Namen

Tvoje v spanju nežno dotaknjene misli
izvežbana sva v prekoračevanju mej in
se zavedava globin, ki se tu in tam
                    še vedno odpro

Strahove spodiva v svetlih sanjah
odženeva jih skupaj z vsemi najinimi strahovi
z jutranjim vetrom
                    najglobje prošnje

Zahlenspiel

Erschreckt vor dem Geheimnis der Zahl
zittern die Silben, und sie verrücken sich –
In Träumen dreh ich sie um und um
suche vergebens, was ich denn finden soll

Zähl ich morgens die Gitterstäbe
über dem Türsturz, seh ich der Katze zu
die so sicher geht in der Wildnis –
tröstet sie nicht, zeigt nur kalt ihre Schulter

Später erst rühren die Dinge sacht
an meine Hand, wie verlorene Zeichen
mit dem Ticken der Uhr: Fünf. Sieben –
Elf. Aber dann: die Versuchung der
Siebzehn

Igra s števili

Prestrašeni zaradi skrivnosti števila
trepetajo zlogi, premaknejo se –
V sanjah jih neprestano obračam
zaman iščem, kar naj bi našla

Zjutraj štejem križe
na nadpražju, opazujem mačko
ki tako zanesljivo lazi po divjini –
ne tolaži je, ostane hladna

Šele pozneje se stvari mirno dotaknejo
moje roke, kot izgubljena znamenja
ob tiktakanju ure. – Pet. Sedem –
Enajst. Toda potem: skušnjava
s Sedemnajst

Siebzehnsilbler

Tief hängt der Vollmond
und es jammern die Katzen –
Das Meer blinkt und schweigt

*

Lachendes Mädchen
verscheucht die Schlange im Gras
und hüpft singend fort

*

Was treibt mein Segel
so sicher durchs Blau? Hat nicht
der Wind sich gelegt?

Bora

Vom Karst stürzt jählings
brüllend und meerwärts brausend
herab die Bora

Auf hellen Klippen
Distel und Salbei, durchweht
von Melancholie

Trije haikuji

Nizko visi ščip
in mačke stokajo –
Morje se lesketa in molči

*

Prepevajoče dekletce
prepodi kačo v travi
in poskakuje pojoč naprej

*

Kaj žene moje jadro
tako zagotovo skozi modrino?
Kaj se ni veter polegel?

Burja

S krasa nenadoma udari burja
    tuli in drvi navzdol
        čez morje

Na svetlih čereh
    osat in žajbelj,
        prevetrena z melanholijo

Reizvolle Spazierwege in die nähere Umgebung gewähren Einblick in die Besonderheiten mediterraner Küstenlandschaft.

Očarljive sprehajalne poti po bližnji okolici omogočajo vpogled v posebnosti mediteranske obalne pokrajine.

2010

Vor dem Tag

Geweckt vom Spatzengeschrei
hebt leis seine Flügel auf
das träumende Herz

um vom Rande der Zeit
seinen Blindflug zu wagen
heim in den Morgen

Die Rose

Öffnete sich die Rose nach langem Schlaf
Blatt für Blatt, stumme Schriftzeichen eines Traums
traf unter nacktem Himmel ihr Auge mich

war der Tod ein Nichts. Es gab kein Verwelktes
von meiner Hand, doch spitzt sich ein Stachel zu –
verwehrt ein Schmerz mir den Blick ins Paradies

Pred dnevom

Zbujeno zaradi vreščanja galebov
tiho dvigne peruti
sanjajoče srce

da bi z roba časa
tvegalo slepi let
domov v jutro

Vrtnica

Odprla je vrtnica po dolgem spanju
list za listom, neme črke sanj
pod golim nebom so me zadele njene oči

smrt je bila nič. Nič ovenelega ni bilo
z moje roke, vendar se zapiči bodica –
bolečina mi prepreči pogled v raj

Unter dem Himmel

Im Fadengespinst, das hält und nicht loslässt
in dem Geflimmer aus Licht, in den Farben
Vernetzungen, in den Fällen des Zufalls
        heillos verfangen

Eingepuppt in verlorener Träume Staub
gleich einem Gebild aus vergessnen Zeiten –
Bin ich auch nicht mehr hörbar, so sing ich doch
        unter dem Himmel

Die Schnecke

Meergrund. Spiralen
Dimensionen des Seins
in sich verkrochen

der Schnecke Schaumweiß
Jahrmillionen immer
dieses eine Bild

Versteinert liegt sie
starr und hoffnungslos mir in
der warmen Hand –

Pod nebom

V nitkasti zapredenini, trdni in nepopustljivi
v lesketanju svetlobe, v barvah
razmreženosti, v pasteh naključja
neusmiljeno ujeta

Ovita v prah izgubljenih sanj
podobna sliki iz pozabljenih časov –
Tudi če me več ne slišijo, vseeno pojem
pod nebom

Polž

Morsko dno. Vijugaste
razsežnosti bivanja
umaknjene vase

polževa bela slina
skozi milijone let vedno
ta ista slika

Okamenel leži
negiben in brez upanja
v moji topli roki –

Mondlicht

Auf schwarzem Wasser fingert der Mond
in Scherben zerbrochenen Lichts

Verborgene Wirklichkeiten säen
Zwietracht in alte Gedanken

Aus ihnen, aus der Notwendigkeit
aus dem Schmerz wird mir endlich Form

Punta

Um den Leuchtturm Erinnern wehn Sterne her
Augen, blinzelnde, eines ruhenden Gotts
der lang schon dies alles gekannt hat, alles

Nun ruhn auch in mir Getöse und Ansturm
wie Wogengänge des Meers, das leiser wird
über dem Grund, tausendfältig bespiegelt

Mesečina

Na črni vodi šari
mesec po črepinjah razdrobljene svetlobe

Zakrite resničnosti sejejo
nezaupanje v stare misli

Iz njih, iz nujnosti
iz bolečine mi končno nastane oblika

Punta

Okrog svetilnika spominov vihrajo zvezde
Oči počivajočega boga, utripajoče
ki je že dolgo poznal vse to, vse

Zdaj tudi v meni mirujeta hrumenje in vihar
kot valovanje morja, ki postaja tišje
nad dnom, v tisočkratnem odsevu

Kleine Skizze am Meer

Wie zeichne ich diesen Gang
diesen braunen, biegsamen
Rücken, Gelenke und Fuß
aus Gold und aus Elfenbein

Also verläuft sich der Stift
auf Schulterlinie, Nacken
gießt Honig über den Mund
aus Augen, die übergehn –

Und Stängel, Blatt und Blüte
die aufsteht und wieder sinkt
wie auf dem Papier der Glanz
der ertrinkenden Sonne

Schattensprung

Der Mond im Olivenbaum
zieht fahle Schleier durchs Gras
Es glitzert der Tau

Da springst du über
den eigenen Schatten. Blind
springst du ins Licht

Majhna skica z morja

Kako naj narišem to pot
ta rjavi gibčni hrbet,
sklepe in nogo
iz zlata in slonovine

Torej se svinčnik izgubi
na rami, tilniku,
razliva med čez ustnice
iz oči, ki se širijo –

In steblo, list in cvet,
ki se zravna in spet povesi
kot na papirju blišč
utapljajočega se sonca

Skok čez senco

Mesec na oljki
riše blede tančice skozi travo
Rosa se blešči

Tedaj skočiš čez
lastno senco. Slepa
skočiš v svetlobo

Übung mit Blau

Einsicht und Aussicht –
Wiedergewinnung des Blicks
jenes kindhaft erlernten
wie einstmals Frage zu sein
und die Antwort nicht fürchten

Aus Widersprüchen
gelebter Zeit etwas wie
Einheit zu denken: Arkan
gegen Schmerz und Enttäuschung
Trauer und Widrigkeiten

um so – frei zu sein
für Versöhnung und Hoffnung
über die Trübnis hinaus
klärend in ein Geklärtes
aufzutauchen in Liebe

Vaja z modrim

Vpogled in razgled –
ponovna vzpostavitev pogleda
onega otročje priučenega
kot nekoč vprašanje
ne da bi se bal odgovora

Iz nasprotij
doživetega časa si misliti
nekaj kot enotnost: skrivno zdravilo
proti bolečini in razočaranju
žalovanju in nevšečnostim

da bi tako – bila svobodna
za spravo in upanje
ki seže razčiščujoče
čez bridkost v razjasnjen
vzpon v ljubezen

Behagliche Gastlichkeit mit Meerblick.
Orte der Ruhe und Einkehr. Portorož.

Prijetna gostoljubnost s pogledom na morje.
Kraji miru in srečanja s seboj. Portorož.

2010

Nacht und Tag

Des Traumes Zauber ist dahin
und das Geheimnis der Nacht
hat sich enträtselt

Auf kleinen, beschriebenen
Blättern sammeln sich Spuren
des Seins und reden
vom Tod

Mit den Wolken

Fliegen wider den Wind, die Seelenflügel
gespreizt zum Überflug über die Weiten
weiß sich doch ohne Beschränkung die Sehnsucht

Zeitlos entrollt sich der Traum über lichten
Wolkenbänken und zeigt seine Wege auf
durch arkadische Felder

Noč in dan

Minil sanj je čar
in razkrila se je
noči skrivnost

Na majhnih, popisanih
listih se nabirajo sledovi
bivanja in govore
                    o smrti

Z oblaki

Leteti proti vetru, krila duše
razpeta za prelet čez daljave
saj je brez ograd hrepenenje

Brezčasno se odvijajo sanje čez svetle
grmade oblakov in razkazujejo svoje poti
                    po arkadijskih poljanah

Izola – *Lektüre im Gras*

Bunte Gedanken treiben die Zeit
bunt vor sich her, einmal hierhin
dann dorthin – und sie folgen ihr nach

In Izola, im tanzenden Gras
spielten Kinder. Lorbeerhecken
fingen ihr Lachen auf, Rosen –

Als du zu mir sprachst, lachte der Himmel
während, wie Engelsgefieder,
ein zartes Wölkchen über den Berg ging

Seltsamer Gast

Blauviolett: Sag woher
nimmst du die Zwischentöne
am hellichten Tag?

Dunkel, von Wimpern verdeckt
schweigt ein langes Gedächtnis
seltsam mich an

verstellt mir das Mittagslicht
und der Kaffee schmeckt bitter
als wär's mein letzter

***Izola** – Berilo v travi*

Pestre misli poganjajo čas
razgibano pred seboj, enkrat sem
potem tja – in mu slede

V Izoli, v poplesavajoči travi
so se igrali otroci. Živa meja iz lovorja
je ulovila njihov smeh, vrtnice –

Ko si se pogovarjal z menoj, se je smejalo nebo
medtem ko je nežen oblaček, kot angelsko perje,
romal čez goro

Čuden gost

Modrovijoličasto: Povej
od kod imaš te vmesne odtenke
sredi jasnega dne?

Temen, zakrit s trepalnicami
čudno molči vame
dolg spomin

mi zakrije opoldansko svetlobo
in kava ima grenak okus
kot da bi bila zadnja

Das Verlorene

Umrisse graben sich ein
Linien füllen den Raum aus im Innern

Zitternder Streifen im Blau
wächst und hält auf mich zu die stumme Flut

Aber sie holt nichts mehr ein
bringt nicht mehr wieder das Verlorene

Übergang

Eingelagert in Schatten
wo nichts mehr ist als die Nacht
Engel die Flügel falten
über dem schlummernden Ich
versickert der Schmerz im Fleisch

Neu, ohne alle Trauer
aller Sehnsucht entbunden
erkenne ich dein Gesicht
in der Verwandlung Wunder
aus Entblendung und Umkehr

Izgubljeno

Obrisi se vkopavajo
črte polnijo prostor v notranjosti

Trepetajoča proga v modrem
raste in me poplavlja nemo

Vendar ne dostavi ničesar več
ne prinese izgubljenega nazaj

Prehod

Spravljena v senci
kjer je samo še noč
sklepajo angeli peruti
čez dremajoči jaz
ponikne bolečina v mesu

Nova, brez vsakršne žalosti
razrešena vseh hrepenenj
prepoznam tvoj obraz
v preobrazbi čudež
iz odslepitve in preobrata

Regen

Etwas hat sich gefunden. Aus dunklem Riss
der Zeit steigt Versunkenes auf, und wieder
weinen die Gräser und Blumen über die
Last dieser Welt, und die Erde nimmts auf

Diesseits und jenseits von Gräbern weht ein Duft
von Sommerblumen, von trauernden Gärten
Leise atmen die Hügel, und ihr Gesang
drängt klagend herauf bis an mein Fenster

Und weckt die Sätze mir auf mit seinem Hauch
so kann meine Liebe nicht verlorengehn –
Wenn die Spatzenbrut wispert nach langer Nacht
hat sich in meine Hand etwas gerettet –

Aria

Zieh deine Schattenschächte
    empor in den Raum und lass
        hinein mildes Licht –

In verschwiegene Buchten
    rette den Traum, bewahr ihn
        zerstöre ihn nicht –

Dež

Nekaj se je našlo. Iz temne razpoke
časa se dviga potopljeno, in spet
jočejo trave in cvetlice zaradi
bremena tega sveta, in zemlja to sprejme

Tostran in onstran grobov veje vonj
poletnega cvetja, žalujočih vrtov
Tiho dihajo hribi, in njihovo petje
obtožujoče pritiska vse do mojega okna

In prebudi s svojim dihom v meni stavke
tako se moja ljubezen ne more izgubiti –
Če vrabčji zarod čeblja po dolgi noči
se je nekaj rešilo v mojo roko –

Arija

Potegni svoje senčnate jaške
navzgor v prostor in spusti
notri blago luč –

V molčeče zalive
reši sanje, ohrani jih
jih ne uniči –

Im Flug

Verschlüsselt, verkorkt
quer über den Himmel zieht
meine Flaschenpost –

und ich hier unten
warte Jahrhunderte lang
auf Wort und Zeichen –

In der Bibliothek

Tauch ich in die Regale
nach Namen wie Perlen, ach –

dieses Wiedererkennen
hinter tanzenden Lettern!

Die sichtbare Schrift wird zum
Schleier für Unnennbares

Die Schöne am Büchertisch
lacht: Es ist noch genug da –
Kommen Sie wieder!

Na poletu

Nedostopno, zapečateno z zamaškom
polzi čez nebo
moje pismo v steklenici –

in jaz tu spodaj
čakam stoletja dolgo
na besedo in znamenje –

V knjižnici

Se potopim med police
k imenom kot biseri, ah –

To ponovno prepoznavanje
med poplesavajočimi črkami!

Vidni natisi postajajo
pajčolan za neimenovano

Lepotica za mizo s knjigami
se smeji: Imamo tu še veliko tega –
Pridite spet!

Wiedergeburt

Wo Jahrtausende schlafen, unter den Schichten
aus Sand, treiben die Wurzeln

dreht aus dem Schatten des Traums sich
das Haupt des Zyklopen, sein Lid verschlossen

Leise flüstern die Gräser –
Aus neuen Trieben richtet die Rose sich auf

Siebzehnsilbler

Lichtbalken verkreuzt –
Vom Olivenzweig löst sich
ein Wassertropfen

*

Dort blinkt ein Licht auf
in mondloser Nacht. Wächst und
tuckert vorüber

*

Du, Marijana –
dein Lachen, schwingendes Bild
vor meinen Augen

Ponovno rojstvo

Kjer pod plastmi peska
spijo tisočletja, poganjajo korenine

se iz sence spanja obrača
ciklopova glava z zaprtimi vekami

Tiho šepetajo trave –
Iz novih poganjkov vstaja vrtnica

Trije haikuji

Prekrižane svetlobne prečke –
Z oljčne veje se utrne
vodna kaplja

*

Tam v brezmesečni noči
utripa luč. Se veča
in oddrdra mimo

*

Ti, Marijana –
tvoj smeh, poskakujoča slika
pred mojimi očmi

Notturno Piran

Seufzend unter der Piazza
hält das Wasser sich bedeckt
Was dennoch spricht? Fassaden

Es tönt das Herz dieser Stadt
mit dem Klaglied der Fische
der Katzen Liebesgeschrei –

Verloren gehn ab und auf
die Verzauberten, staunend
um ein Marmorrund kreisend

Oben singen die Sterne
Mit dem Geigenbogen streicht
Meister Tartini die Luft

Notturno Piran

Vzdihi vode pod trgom
ki se ne razodene
Kaj kljub temu govori? Pročelja

Srce tega mesta zveni
z žalostinko rib
z mačjimi kriki pri ljubljenju –

Izgubljeno stopajo
začarani, z začudenjem
krožijo okrog marmornega kolobarja

Zgoraj pojo zvezde
Z violinskim lokom
se mojster Tartini dotika zraka

LEV DETELA

Subtiles poetisches Wortgeflecht

Über die Lyrik der österreichischen Dichterin Rosemarie Schulak

Rosemarie Schulak führt uns schon zu Beginn ihres lyrischen Spaziergangs entlang der slowenischen Küste ohne Verschönerungsillusionen in eine eigenwillige Form des Seins. Wir finden uns auf ungewöhnliche Art und Weise in einer „Lebenserosion" ohne Scheuklappen wieder, „nachdem der Blumenhang und die sandigen Wege von Huf und Brechern zermalmt wurden".

Die österreichische Autorin schreibt ihre Piraner Gedichte in deutscher Sprache. Sie spannen ein bipolares, subtil gewebtes Netz aus bildhaften Metaphern auf, die sich zwischen Licht und Schatten bzw. zwischen Dunkelheit, Hoffnung und Verzweiflung, zwischen Traurigkeit und Glück bewegen.

Beinahe bei jedem dichterischen Schritt spürt man das Gewicht des Augenblicks, der manchmal durch ein dissonantes Zwiegespräch des lyrischen Ich mit dem geliebten Mitmenschen mitten in der großen Natur des Küstenlandes dargestellt wird.Wir erleben die Landschaft und ihre Menschen, die kurz und prägnant skizziert werden, auf originelle Art und Weise, was den Versen von Rosemarie Schulak einen ontologischen Anstrich gibt. Trotz der offensichtlich „dunklen Zwischentöne am hellichten Tag" (das Gedicht *„Seltsamer Gast"*) befinden wir uns die ganze Zeit über zwischen „Kaskaden von Rosenbüscheln zwischen Granatapfelbäumen, in Lichtkegeln und dem Blau des geheimnisvollen Meeres" (vgl. das Titelgedicht *„Klippen. Erin-*

LEV DETELA

Subtilni splet pesniških besed

O liriki avstrijske pesnice Rosemarie Schulak

Rosemarie Schulak nas že na začetku svojega liričnega sprehoda ob slovenskem morju zapelje brez iluzije olepšavanja v samosvoje podano danost bivanja. Na nenavaden način se brez plašnic čez oči znajdemo v »eroziji življenja«, saj »so od udarcev in lomov zdrobljeni cvetlični breg in peščene poti«.

Piranske pesmi v nemškem jeziku pišoče avstrijske avtorice nas bipolarno razpnejo v subtilno stkano mrežo iz v slikovite metafere rastočih besed, ki se gibljejo med svetlobo in sencami oziroma temo, med upom in obupom, med žalostjo in srečo.

Skoraj na vsakem pesničinem koraku začutimo težo trenutka, ki ga včasih predstavi tudi z disonančnim dvogovorom lirskega jaza z ljubljenim sočlovekom sredi velike obmorske narave. Na izviren način doživimo pokrajino in njene ljudi v kratkih iskrivih zarisih, kar verzom Rosemarie Schulak dodaja ontološki zagon. Kljub očitno temnim »vmesnim odtenkom sredi jasnega dne« (pesem *Čuden gost)* smo vendar ves čas tudi srečno ujeti med «slapovje vrtničnega grmičevja, med debla granatnega jabolka, v kroge svetlobe in modrino skrivnostnega morja« (glej naslovno pesem *Čeri. Spomini na Piran)*. Kljub pesničinemu pronicljivemu obkrožanju včasih rezkega bistva stvari, kljub stalno prisotni vednosti o bivanjskih trenutkih, razpetih v objem življenja in smrti, je lirika Rosemarie Schulak polna svetlobe in toplote. In vedno metafizično skrivnostna.

nerungen an Piran"). Trotz des scharfsinnigen Umkreisens des manchmal schroffen Wesens der Dinge, trotz der ständigen Anwesenheit des Wissens über Augenblicke des Seins, die in der Umarmung des Lebens und des Todes aufgehen, ist die Lyrik von Rosemarie Schulak voller Licht und Wärme. Und immer metaphysisch geheimnisvoll.

„Etwas hat sich gefunden. Aus dunklem Riss der Zeit steigt Versunkenes auf ...". Diese Anfangsakkorde des Gedichtes *„Regen"* spiegeln auf überzeugende Art und Weise die verborgene Klarheit und gleichzeitig scharfsinnige Zweideutigkeit der betreffenden poetischen Botschaft wider.

Für den slowenischen Leser ist vor allem interessant, wie die österreichische Autorin auf eigenwillige Art und Weise die für sie exotische und andersartige Umgebung wahrnimmt und interpretiert. Jedenfalls bietet uns die Dichterin eine ungewöhnliche lyrische Gegenüberstellung mit Piran und seinen Besonderheiten und Geheimnissen an.

Die Autorin erlebt das große Meer und die bunte Natur aus eigenen Perspektiven, mehrgleisig und tiefschichtig. Während die Mehrheit der heutigen Ausflügler und Touristen die neue Umgebung mehr oder weniger oberflächlich und im Vorbeigehen wahrnimmt, stellt Rosemarie Schulak ihre poetischen Skizzen vor den verästelten Hintergrund eines metaphysich erlebten Seins und historischen Schicksals, in das auch ihr eigenes Leben eingeflochten ist. Beinahe jeder Vers der *„Erinnerungen an Piran"* ist nicht nur eine Beschreibung der konkreten Erkenntnisse und Erlebnisse in Piran und seiner Umgebung, sondern gleichzeitig auch das Spiegelbild ihres inneren existenziellen Zustands und ihrer Gefühle. Der Leser begibt sich gemeinsam mit der Dichterin auf

»Nekaj se je našlo. Iz temne razpoke časa se dviga potopljeno...«

Ti začetni akordi pesmi *Dež* zrcalijo na prepričljiv način zakrito jasnost in istočasno bistroumno dvoumnost zadevnega pesniškega sporočila.

Za slovenskega bralca je še posebej zanimiv način, s katerim tuja avtorica na svojevrsten način opazuje in interpretira zanjo nekoliko eksotično in drugačno okolje. Vsekakor nam pesnica ponuja nenavadno lirično soočenje s Piranom in njegovimi posebnostmi in skrivnostmi.

Avtorica doživlja veliko morje in pestro naravo iz posebnih zornih kotov, večsmerno in globinsko. Medtem, ko večina današnjih izletnikov in turistov opazuje novo okolje več ali manj površinsko in mimobežno, prestavi Rosemarie Schulak svoje pesniške zarise na razvejano ozadje metafizično podoživete bivanjske in zgodovinske usode, v katero je vpet tudi njen lastni življenski utrip.

Skoraj vsak verz *Spominov na Piran* ni le opis avtoričinih konkretnih spoznanj in doživetij v Piranu in njegovi okolici, temveč je istočasno tudi zrcalna slika njenih notranjih eksistencialnih stanj in občutkov. Bralec se skupaj s pesnico lahko sprehodi po slikovito podani mestni geografiji od obale s svetilnikom do obzidja nad mestom, z nakupovalno vrečko v rokah lahko doživi arhaični čar trga, zamudi se lahko pri lepotici v mestni knjižnici, nakar se odpravi, če ga ne zvabi morje na kopanje, na izlet v bližnjo Izolo.

Taka knjiga spominov na neko zanimivo potovanje je zato tudi učna knjiga, ki pazljivega bralca popelje k poglobljenemu, ponotranjenemu in večsmernemu opazovanju okolja in pokrajine, njene zgodovine in njenih ljudi in njihovih posebnosti. Za slikami pestre sloven-

einen Spaziergang durch die malerische Stadt, vom Strand mit dem Leuchtturm bis zu den Zinnen über der Stadt. Mit dem Einkaufskorb in Händen kann man den archaischen Zauber des Marktplatzes erleben, sich bei der Schönen in der Stadtbibliothek aufhalten oder sich zu einem Ausflug nach Izola aufmachen, wenn einen schon nicht das Meer zum Baden verführt.

Dieses Buch der Erinnerungen an eine interessante Reise ist deshalb auch ein Lehrbuch, das den aufmerksamen Leser zu einer vertieften, verinnerlichten und mehrgleisigen Wahrnehmung der Umgebung und der Landschaft, ihrer Geschichte und ihrer Menschen und Besonderheiten verführt. Hinter den Bildern der bunten slowenischen Küstenlandschaft taucht in den Versen der Dichterin immer wieder der Pulsschlag der Lebenserfahrung der Autorin mit zahlreichen subtil skizzierten Verschiebungen auf. Zerrissen zwischen Glück und Schmerz erzählt Rosemarie Schulak ihr dichterisches Credo, das niemals selbstzufrieden und unkritisch geschlossen ist, sondern durch Hoffnung und Gewissenserforschung zur Erlösung wird.

Rosemarie Schulak veröffentlichte seit dem Jahr 1990 mehrere Gedichtbände in deutscher Sprache, in denen sie versuchte, die Besonderheit der japanischen Lyrik mit der europäischen Dichtungstradition zu verbinden. Dieser Versuch prägt auch die Struktur der *„Erinnerungen an Piran"*. Es ist bemerkenswert, dass die Autorin ihre Gedanken und Gefühle an konkreten Bildern aus der Natur und dem Leben festmacht, was ein eigenes Geflecht von Geist und Stofflichkeit erzeugt. Ihre offenen, mehr oder weniger freien Verse sind stark rhythmisiert. Einzelne Sätze bzw. Einheiten bleiben mittendrin stecken, berühren den neuen Satz und verbinden sich dialektisch mit den nächsten Versen und auch neuen poetischen Einheiten zu einer

ske obmorske pokrajine je v pesničine stihe vedno znova vpet utrip avtoričine življenske izkušnje s številnimi subtilno zarisanimi premiki. Razpeta med srečo in bolečino izpoveduje Rosemarie Schulak svoj pesniški kredo, ki ni nikoli samovšečen in nekritično zaprt, temveč raste v odrešenje skozi upanje in spraševanje vesti.

Rosemarie Schulak je od leta 1990 objavila v nemščini več pesniških zbirk, v katerih je skušala spojiti posebnosti japonske lirike z evropskim pesniškim izročilom. Ta poteza je pogodila tudi strukturo *Spominov na Piran*. Značilno je, da avtorica misli in čustva zakoreninini v konkretnih podobah iz narave in življenja, kar ustvari svojevrsten splet duha in snovnosti. Njeni odprti, več ali manj svobodni verzi, so močno ritmizirani. Posamezni stavki oziroma povedi se zaustavljajo sredi sporočila, ki se dotika novega stavka in se dialektično povezuje z naslednjimi verzi pa tudi novimi pesniškimi enotami v kontinuirano tekočo verigo gibanja iz realnih opisov, ponotranjenih stanj in fantazije. Pri tem si je avtorica zastavila še dodatno nalogo »zlogovnega pesnjenja«, kot je značilno zlasti za japonsko in kitajsko tradicijo, pa tudi za Evropo, še posebej za pesništvo v romanskih jezikih. To pomeni oblikovanje posebnih verznih vrstic, reduciranih na morda celo alkimistično – metafizično doživeto omejitev na pet, sedem, devet, enajst ali celo sedemnajst zlogov, česar v prevodu v slovenski jezik seveda ni mogoče vedno adekvatno podati.

Pesmi Rosemarie Schulak učinkujejo včasih sicer nekoliko hermetično in abstraktno, vendar so vsebinsko privlačne in metaforično in stilistično polne, pestre in prijetne. Bistven je tudi njihov miselni in filozofski naboj. Kljub občasnim opisom trpkih trenutkov življenja nas spodbujajo k optimističnemu mojstrenju usode. Za realnimi podobami in vizijami te lirike se namreč

kontinuierlich fließenden Kette von Bewegungen aus realen Beschreibungen, verinnerlichten Zuständen und Fantasien. Dabei hat sich die Autorin zusätzlich die Aufgabe gestellt, „silbenmäßig zu dichten“, wie dies besonders für die japanische und chinesische Tradition, aber auch in Europa, besonders in romanischen Sprachen und Lyrikformen typisch ist. Das bedeutet die Bildung von eigenen poetischen Zeilen, die sich alchimistisch – metaphysich auf fünf, sieben, neun, elf oder sogar siebzehn Silben beschränken, was in der slowenischen Übersetzung natürlich nicht immer adäquat umgesetzt werden kann.

Die Gedichte von Rosemarie Schulak wirken manchmal zwar etwas hermetisch und abstrakt, sind jedoch inhaltlich anziehend und metaphorisch und stilistisch reichhaltig, bunt und angenehm. Wesentlich ist auch ihr gedanklicher und philosophischer Zugang. Trotz der zeitweiligen Beschreibung von bitteren Augenblicken in ihrem Leben, ermuntert sie uns, das Schicksal optimistisch zu meistern. Hinter den realen Bildern und Visionen dieser Lyrik verbirgt sich als ontologischer Überbau des Seins jenes „Bild hinter Bildern“ (wie wir im Gedicht *„Foto mit Hintergrund“* erfahren), bei dem „unter den Schichten aus Sand, wo Jahrtausende schlafen, Wurzeln treiben ... und sich aus neuen Trieben eine Rose aufrichtet“ (*„Wiedergeburt“*).

skriva kot ontološka nadstavba bivanja tista »slika za slikami« *(kot izvemo v pesmi Fotografija z ozadjem)*, kjer »za plastmi peska, kjer spijo tisočletja, poganjajo korenine... in iz novih poganjkov vstaja vrtnica« *(Ponovno rojstvo)*.

LEV DETELA

Der zweisprachige Schriftsteller und Übersetzer Lev Detela, der schon seit Jahrzehnten in Östereich lebt, wurde 1939 in Maribor geboren. Er ist Autor von 44 literarischen Publikationen in slowenischer und deutscher Sprache. Er betätigt sich auch als Übersetzer und Vermittler zwischen slowenischer und österreichischer beziehungsweise deutschsprachiger Literatur. Beim Hermagoras Verlag in Klagenfurt veröffentlichte er drei historische Romane, die literaturhistorische Publikation über die Kärntner slowenischen Dichter und Prosaisten, zwei Lyriksammlungen und das deutsch-slowenische *Kocbeks Lesebuch* mit zahlreichen Übersetzungen aus den Werken des bedeutenden slowenischen Schriftstellers. Für die slowenischen Zeitschriften und für den Rundfunk übersetzte Detela unter anderem die österreichischen Autoren Peter Henisch, Bernhard Hüttenegger, Matthias Mander, E. A. Richter und Peter Rosei. Vor allem in Österreich und Deutschland erhielt er für sein literarisches Werk mehrere Literaturpreise und Auszeichnungen.

LEV DETELA

Dvojezični pisatelj in prevajalec Lev Detela, ki že desetletja živi v Avstriji, se je rodil leta 1939 v Mariboru. Je avtor 44 leposlovnih knjig v slovenskem in nemškem jeziku. Udejstvuje se tudi kot prevajalec in posrednik med slovensko in avstrijsko oziroma nemško literaturo. Pri celovški Mohorjevi založbi je objavil tri zgodovinske romane, literarnozgodovinsko publikacijo o slovenskih koroških pesnikih in pisateljih, pesniški zbirki in slovensko-nemško *Kocbekovo berilo* s številnimi prevodi iz del pomembnega slovenskega pisatelja. Za slovenske revije in radio je Detela med drugim prevedel avstrijske avtorje Petra Henischa, Bernharda Hütteneggerja, Matthiasa Manderja, E. A. Richterja in Petra Roseia. Predvsem v Avstriji in Nemčiji je za svoje literarno delo prejel več literarnih nagrad.

GEORG PEVETZ

Geb. 6. März 1893 in Pettau, Steiermark, jetzt Slowenien; gest. 9. Mai. 1971 in Wien. Genre-, Landschafts-, Stilllebenmaler und Graphiker. Lehrtätigkeiten. – Träger des Österreichischen Staatspreises. –

Seine Ausbildung erhielt der Künstler an der Wiener Akademie. Arbeiten aus seiner Hand befinden sich u. a. in der Albertina in Wien, in Berliner und Nürnberger Städtischen Sammlungen und im Privatbesitz. Georg Pevetz war in vielen österreichischen und internationalen Ausstellungen vertreten, auch in „Internationale moderne Graphiken in Florenz“. Georg Pevetz war Mitglied des Wiener Künstlerhauses.

Literatur: Walter Maria Neuwirth, Georg Pevetz, 20er Jahre. Wien 1966.

GEORG PEVETZ

Rojen je bil 6. marca 1983 na Ptuju na Štajerskem, zdaj Slovenija, umrl pa je 9. maja 1971 na Dunaju. Slikar žanra, pokrajin in tihožitij ter grafik. Učitelj. - Dobitnik Avstrijske državne nagrade. –

Slikar se je izobraževal na Dunajski akademiji. Njegova dela se nahajajo m. dr. v Albertini na Dunaju, v Mestnih zbirkah Berlina in Nürnberga ter v privatni lasti. Georg Pevetz je bil prisoten na mnogih avstrijskih in mednarodnih razstavah, tudi na razstavi „Mednarodne sodobne grafike v Firencah". Georg Pevetz je bil član Dunajske hiše umetnikov.

Literatura: Walter Maria Neuwirth, Georg Pevetz, Dvajseta leta. Dunaj 1966.

HANS KREBITZ

Geboren 1935 in St. Veit/Glan, Architekt, Bühnenbildner, Maler, Schriftsteller. Neben seinen Wohnungsgrundrissen (Wr. Neudorf 1964, Gr. Enzersdorf 1968) waren vor allem das Projekt der verkehrt auf der Spitze stehenden Pyramide in Gizeh (1979), die 1. Opernaufführung am Originalschauplatz Verdis „Aida“ in Luxor (1987) sowie seine Gemäldeausstellung gegen den Krieg (Braunau 2009), die internationale Beachtung fanden. 1995 gründete er die vergleichende Portraitforschung, die Veröffentlichung „Mozart lächelt“ (2006) brachte neue Erkenntnisse. Seine Erzählung „Die Stiefel“ (2003) schließt an die Braunauer Gemälde an.

HANS KREBITZ

Rojen je bil l. 1935 v Št. Vidu ob Glini na Koroškem. Arhitekt, odrski oblikovalec, slikar, pisatelj. Poleg njegovih stanovanjskih tlorisov (Wr. Neudorf 1964, Gr. Enzersdorf 1968) sta požela mednarodno pozornost njegova projekta na konici stoječa piramida v Gizeju v Egiptu (1979), prva uprizoritev Verdijeve »Aide« na izvirnem kraju v Luxorju (1987) ter njegova slikarska razstava proti vojni (Braunau 2009). 1995 je ustanovil primerjalno portretno raziskovanje, objava »Mozart lächelt« (Mozart se smehlja) (2006) je rodila nova spoznanja. Njegova pripoved »Die Stiefel« (Škornji) (2003) se uvršča v vrsto Braunauskih slik.

ROSEMARIE SCHULAK

Bis heute veröffentlichte Bücher (Auswahl) /
Do sedaj objavljene knjige (izbor):

LYRIK / LIRIKA:

Vom Sprechen und Schweigen (O govorjenju in molčanju), 1990;
Lichtspuren (Svetlobne sledi), 1991;
Hinter allem, was ist (Za vsem, kar je), 1992;
Dort, wo ich bin (Tam, kjer sem), 1992;
Aufglanz und Widerbild (Lesket in protislika), 1994;
Abends ein Leuchten (Zvečer svetloba), 1995;
Als ein Himmelsstreif (Kot nebeški pramen), 1996;
Über schweigende Quellen (Čez molčeče izvire), 1998;
Mondreden (Mesečevi govori), 2001.
Erinnerungen an Piran / Spomini na Piran, 2011

PROSA / PROZA:

Die vergessen sind (Na katere smo pozabili), 1997;
Eberhards Mantel (Eberhardov plašč), 2004.